SFV

Reiner Kunze

gespräch mit der amsel

frühe gedichte
sensible wege
zimmerlautstärke

S. Fischer

Satz und Druck: Georg Wagner, Nördlingen
Einband: G. Lachenmaier, Reutlingen
Printed in Germany 1984
ISBN 3-10-042008-X

frühe gedichte

Das bedürfnis des dichters, nach außen hin etwas zu gelten, bricht in dem augenblick zusammen, in dem er begreift, was poesie ist.

DIE LIEBE

Die liebe
ist eine wilde rose in uns
Sie schlägt ihre wurzeln
in den augen,
wenn sie dem blick des geliebten begegnen
Sie schlägt ihre wurzeln
in den wangen,
wenn sie den hauch des geliebten spüren
Sie schlägt ihre wurzeln
in der haut des armes,
wenn ihn die hand des geliebten berührt
Sie schlägt ihre wurzeln,
wächst wuchert
und eines abends
oder eines morgens
fühlen wir nur:
sie verlangt
raum in uns

Die liebe
ist eine wilde rose in uns,
unerforschbar vom verstand
und ihm nicht untertan
Aber der verstand
ist ein messer in uns

Der verstand
ist ein messer in uns,
zu schneiden der rose
durch hundert zweige
einen himmel

RUDERN ZWEI

Rudern zwei
ein boot,
der eine
kundig der sterne,
der andre
kundig der stürme,
wird der eine
führn durch die sterne,
wird der andre
führn durch die stürme,
und am ende ganz am ende
wird das meer in der erinnerung
blau sein

ICH GEH DURCH DIE STRASSEN

Ich geh durch die straßen, im mantel verkrochen
Zuhaus wird es öd sein Das brot wird nicht hören
das feuer nicht sprechen nichts fühlend gewähren –
und ich hätt so gern ein paar worte gesprochen

Ich geh durch die straßen und seh dein gesicht
Du wartest und schneidest das brot schon für mich
Und kämest du später schnitt ich es für dich
Und schweigt dann das feuer, wir brauchen es nicht

DU WEISST ZUR STUNDE IHN AN FERNEM ORT

Du weißt zur stunde ihn an fernem ort
Mit dem verstand begreifst du seine ferne
Du weißt, es liegen zwischen ihm und dir
ein himmel sonne und ein himmel sterne

Und doch trittst du ans fenster immerfort

ABER DAS GRAS UNTER DEN FÜSSEN

1
Da du im hinterhaus wohnst,
liegt um mitternacht
auf der treppe zu dir
kein lichtschein der straße

Ich geh ein paar schritte auf stein,
klopf mit dem fuß an das holz
der ersten stufe,
taste, berühr das geländer mit dem ellenbogen,
steige spür vor der brust eine schranke
Die treppe führt höher im winkel
Ich strecke die finger wie fühler,
steige greife die kühle feuchte wand
wende mich wieder im winkel
steige
bis keine stufen mehr sind

Dein mund ist ein vogel
zwischen zwei flügelschlägen

Dein mund muß fliegen

2
Der morgen steht auf der treppe,
wartet

Ich schließe die tür, leis
In einer stunde
wirst du die treppe hinabsteigen,
springen wie ich

Wir werden
die steine in den weg treten,
aber das gras unter den füßen
wird wieder aufstehn

PHILOSOPHIE
(für Elisabeth)

Wir ertragen den mittag,
wo das steinerne gesetz der ufer
die milde des grases walten läßt
Die feuchtigkeit der felsen und das
sonnengesprenkel,
das aus den blättern fällt,
sind salamander,
die auf unsren nackten rücken liegen
und dösen
Das wassergras schweigt
unzählbare blüten
Der nachbar nagelt um das wörtchen *mein* vor den
erdbeeren
einen zaun

An der Thaya, sagst du, überkomme dich
undefinierbare sehnsucht

Gehn wir in den fluß,
die sehnsucht definieren

NACH EINEM REGEN IN MĚLNÍK

Bei Mělník lädt die Moldau
ihr stück himmel in die Elbe ab,
die es in schnellem bogen auffängt
(hin und wieder nur bricht eine ecke blau
am weinberg aus,
der die splitter den weinstöcken gibt)
Die Elbe, erdbraun von den bergen kommend,
klärt sich in der scherbe himmel,
die in ihr versinkt

Dann sind die flüsse einen augenblick lang
nichts als strömende wasser
und tragen das blau,
wie es sich auf ihrer tiefe spiegelt
und ihr spiegel es faßt

Du weißt nun, was ich denke,
während wir roten *Ludmila* trinken

SPÄTSOMMER

Die menschen ducken sich,
wie die vögel sich ducken in den bäumen
unter einer sonnenfinsternis:
der schatten der bomben
berührt die erde

Über alle spaziergänge senkt er sich,
und der berg Milešovka, zu dem wir aufbrachen,
wird sinnlos
Er senkt sich zwischen das wort *ich* und das wort
liebe und das wort *dich*,
die ich endlich sage, ohne von der haut zu
sprechen,
und die nun keinen satz ergeben

Von der brücke jedes neuen verses
stürzt er mir die freude

Auf die antwort des skalpells,
mit dem du den zerfall im kiefer der patientin Č.
verneinst,
heilt er heran als frage,
und zur farce wird alle chirurgie

Die menschen ducken sich,
wie die vögel sich ducken in den bäumen
unter einer sonnenfinsternis

Aber jetzt nicht stillstehn,
nur nicht stillstehn
Die stille wäre unter *dieser* sonnenfinsternis kein
pfeiler

Jetzt
immer wieder aufbrechen zum berge Milešovka,
immer wieder sagen *ich liebe dich*

Jetzt
die freude auffangen,
wenn sie von den brücken stürzt,
jetzt
unbeirrbar
den zerfall verneinen

BITTE

Du bittest zu entschuldigen
daß du mit der schreibmaschine schreibst
Es sei so viel zu sagen
und es ginge schneller denn
wieder sei es über mitternacht . . .

Ich weiß –
als farbband spannst du
deinen schlaf ein
Deine gesundheit ist
die blasse farbe

Ich bitte dich:
schlafe mir einen brief

DER SCHÄDEL

Er steht auf deinem schreibschrank
Er wurde ausgegraben auf dem schlachtfeld bei Znaim
Du hast ihn weißgekocht im waschhaus

Hundertmal schon bist du mit dem finger
den rand der orbita entlanggefahren,
mir frakturen erklärend,
die du soeben fixiertest im krankenhaus:
fractura processus frontalis maxillae

Heute abend hörten wir Bach,
und du bist krank

Der schädel wird mir unheimlich

ANTWORT

Mein vater, sagt ihr,
mein vater im schacht
habe risse im rücken,
narben,
grindige spuren niedergegangenen gesteins,
ich aber, ich
sänge die liebe

Ich sage:
eben, deshalb

MEIN FÜNFUNDZWANZIGSTER GEBURTSTAG

1

An meinem fünfundzwanzigsten geburtstag
schreib ich ein epos, groß, überwältigend:
Die welt gibt für mich ein konzert,
die sonne reißt die saiten an des alls
und seine blauen töne stürzen in das meer . . .

Dachte ich

Es nieselte
Mit rute und gerät,
den aal zu angeln an den buhnen, trat
ich in die stille vor dem hahnenschrei,
stieg lautlos durch den feuchten sand
Auf glatten steinen, weit ins meer geschichtet,
hockte ich mich nieder, zog
die rote pose auf die schnur,
gab blei ihr
und dem haken wurm

Der himmel, blutleer, sank ins meer
Drei gänse keilten sich ins grau
Die stunden schwappten an die pfähle

Da schoß die pose in die tiefe Ich
hieb an denn an den buhnen zieht der aal ins holz
Die rolle knarrte
Unter wasser hielt der fisch sich führen lassend
schlug als er den spiegel spürte
perlen

Ein aal grünschillernd
knotend die schnur mir
ein aal schwer!
Nicht achtend der glätte
übersprang ich die steine
trat wohl ins wasser
doch trug ich den aal
tief in den sand
Ich streifte den schleim ihm vom leibe
weidete aus ihn
sorgsam, den kopf nicht verletzend
Er wand sich noch immer
Ich rollte ihn in ein rhabarberblatt
trug ihn vors haus
Ich wusch ihn in erdkaltem wasser
salzte ihn
spannte, den fliegen zu wehren,
über die steinerne schüssel ein tuch
und legte mich schlafen

2

Sirenentöne
Erwachen
Tageshelle
Sonnabend, zwölf uhr
Ich war im urlaub, am meer
Eine karte lag am kissen, mitteilend
ich hätte geburtstag
Ich würde fünfundzwanzig jahre alt, schrieb die mutter,
und das sei schön
Auf dem tisch standen rosen,
gelb, von großer zartheit,
mit dicken dunkelgrünen blättern
Wir brieten in butter den aal
und aßen mit lust ihn, die knusprige haut kostend,
zerdrückten das milde weiße fleisch
auf der zunge
Mit bergleuten saß ich abends am tisch
Sie waren fünfzig jahre alt
Wir stießen an
auf meinen fünfundzwanzigsten geburtstag
Sie schlugen erz seit neun,
seit zweiundzwanzig jahren kohle
Wir tranken
auf meinen fünfundzwanzigsten geburtstag

3

Zu meinem fünfundzwanzigsten geburtstag
schreib ich ein epos, groß, überwältigend . . .

Dachte ich

Nun schrieb ich diesen bericht

ICH HABE BRIEFE GESCHRIEBEN

Ich habe briefe geschrieben

Meine augen haben einem wald geschrieben in Böhmen,
mein durst hat einem brunnen geschrieben in Mähren
und meine liebe einem haarbüschel,
das unter den hunderttausend lichtern Leipzigs
vom kopfe eines kleinen jungen absteht,
der schläft

Und meine suchende feder
hat einer suchenden feder geschrieben

DER BLITZ IN UNSEREM NAMEN
(für Marcela)

Mit dem zeichentalent deiner mutter
hattest du seufzend zwei bäume gemalt
und die ölkreiden
mehr als gevierteilt

Der künstlerstolz deiner fünf jahre
wollte die schöpfung signieren

Vertieft in die grellbunte mühsal
fragtest du plötzlich:
Und wann kommt der blitz?
Wir staunten
Was für ein blitz?
Du sagtest:
Na, der blitz!?
Wir ließen das kunstwerk uns bringen:
Du meintest
das *z* in unserem namen

Wirklich, zum erstenmal sahn wir
in unserem namen
den blitz
Wann hatte er eingeschlagen?
Sicher, als wir nicht zuhause waren
Ein glück –
der name ist nicht abgebrannt
O kind, was werden wir alles erst sehen
mit deinen augen

KINDERZEICHNUNG

Du hattest ein viereck gemalt,
darüber ein dreieck,
darauf (an die seite) zwei striche mit rauch –
fertig war
DAS HAUS

Man glaubt gar nicht,
was man alles
nicht braucht

VON DER LIST, IM KREIS ZU GEHN
(auf der fahrt nach Südmähren; für Ludwig)

Mein kissen ist der mantel,
der am gepäcknetz hängt
Das futter meines schlafes,
vom funkenflug versengt,
ist unruh, weil die gedanken
bei dir, mein junge, sind
Man klagte in der krippe,
du seiest ein garstiges kind

Du wolltest nicht im kreise gehn
Bös, mit bockiger stirn,
bliebest du auf dem sandplatz stehn
Was in dem kleinen gehirn
sich abspiele, wisse man nicht
Gebrauche man gewalt,
seiest du nicht zu bewegen
Du habest fäustchen geballt
Und lasse man dich trotzen,
zöge dein eigensinn
dich wieder zur burg auf dem sandplatz,
zur unvollendeten, hin

Mein sohn, mein lieber junge,
wer könnte dich besser verstehn
als ich, dein vater, der heimlich –
während andre im kreise gehn –
flieht, um gedichte zu schreiben
Ich trotzte wie du ihren runden
(ich wollte ich selber bleiben):
Sie schritten im kreis mich in wunden

Geh mit den füßen im kreise,
bis du dir sicher bist,
daß du die schöpfung vollendest,
die sich mit ihnen dann mißt!
Mit den gedanken doch reise
hoch unterm himmel! Brich leise
den regenbogen schon ab
(das burgtor)! Hol dir herab
die steine, die glitzern im mond
(zum pflastern der serpentinen)!
Damit dann das märchen wohnt
in der burg –
Und dann schenkst du sie ihnen

VON DER LIST, NACH DEM MITTAGESSEN ZU SCHLAFEN

Die andern, die artigen, schliefen
alle nach dem essen
Du nicht Dir fehle der wille
Du stündest selbstvergessen
im bett, erklärend
die welt hinterm fenster:
singt, vogel singt
Vergebens sei's, dich zu stören
Unter der hand, die dich zwingt,
unter dem wort, das dich straft,
kriechest du schweigend hervor
Kein wölkchen entgeh deinen blicken,
kein schatten, den es verlor
Du brächest aus in entzücken,
raschle im weinlaub der wind
Es helfe nicht zuspruch, noch strenge:
Du seiest ein garstiges kind

Mein junge, ein guter Deutscher
schläft auf kommando ein
Und wenn in Deutschland geschlafen wird,
darf keiner munter sein

Schlaf dir, damit dich fremder
wille nicht beugen kann,
unter der hand, die dich zwingt,
einen charakter an!
Schlimmer kannst du die menschen
nicht strafen, glaube mir
Und anders ihnen nicht helfen
Das aber will ich von dir

WIE MAN EINSCHLAFEN KANN

Dein kissen ist weiß-blau gewürfelt:
ein würfel wolke ein würfel himmel
Und wenn du die augen schließt,
ist es ein schimmel

Und wenn du ihn fest um den hals faßt
und schmiegst dich an sein fell
und wartest bis ein traum kommt –
trägt er dich von der stell

GESPRÄCH MIT DER AMSEL

Ich klopfe an bei der amsel
Sie
zuckt zusammen
Du? fragt sie

Ich sage: es ist still

Die bäume
loben die lieder der raupen, sagt sie

Ich sage: . . . der raupen?
Raupen können nicht singen

Das macht nichts, sagt sie,
aber sie sind grün

ERWACHEN IN SCHRECKENSTEIN

Rangierloks verbellen den schlaf,
minuten der nacht
an die halbfertigen züge des tages stoßend,
daß sie klirren
Die räder des transitverkehrs zu beiden ufern der Elbe
zermalmen jede spekulation auf einen vorteil stille
Ein moped knattert unter die lider
Ein traum, der zurückkehren will,
wird von motorenkolben zerstampft;
ein TATRA-einhundertelf zerreißt ihn im auspuff
Hallendes schleppdampfertuten:
der anker der finsternis rasselt aus dem flußgrund
Lautsprecher melden auf bahnsteig nummer eins
die ersten gedanken

Ein fleißiges völkchen, die Tschechen
Nur – etwas weniger lärm könnten sie machen

Sage einer dem herzen,
daß es weniger lärm machen soll

BEGEGNUNG MIT FRANTIŠEK PETERKA

Du standest hinter einem großen braunen bart
Kühn hattest du ihn
von einer verlegenheit zur andern
ums kinn geworfen

Durch den bart aber schimmerte
die blässe des rastlos suchenden,
der hinter deinen zeichnungen steht

Und güte schimmerte hindurch
in feinen linien –
wie mit deiner feder gezogen

Und der funke hoffnungslosigkeit,
den du im mundwinkel hattest
wie eine kornblume

Und die ganz kleinen lügen schimmerten hindurch,
wie sie keine deiner zeichnungen
verbergen könnte

GRUSS F. P.

Drei zickzack
drei pinselstriche
horizont mit großem kreis:
drei segelschiffe fahren vor die sonne
und holen luft

AUSSIGER QUARTETT

Hinter dem plakat am novembernebel der stadt
war nicht gleich Dvořáks musik
Hinter dem plakat,
vor der unsterblichkeit der töne,
war das große fest
seines geburtstages

Es war der hundertzwanzigste

Die erste geige
spielte der lehrer
Er gönnte sich die pausen nicht,
in die er zwischen zwei noten
den bogen legte:
wachsam nickte er über die takte hinweg,
daß keiner aus der partitur verlorengehe,
aus der partitur,
die er, wie jeder sah,
auswendig wußte bis hinter die pulte der anderen

Die zweite geige
spielte der rechtsanwalt
Er plädierte mit besessenheit
für den klienten Dvořák
(und *werkverbissen:*
es war,
als presse er den heiligen saft der töne
mit blankem kinn aus blankem holz)

Souverän,
als sei er Dvořák selbst,
träumte der cellist des stadttheaters seinen part:
wie war das damals doch, damals
in Spillville und als der vogel das motiv fand
für den dritten satz . . .

Auf der bratsche buchte soll und haben
an piano pianissimo
forte und fortissimo
der bratschist,
unbestechlich, ganz organisator
en gros und en détail: man sah's
an jedem bogenstrich – er ist
das rückgrat des quartetts

Und hätte sich unter den fröhlichen fingern
ein ton hervorgestohlen, ohne
fertiggegriffen zu sein –
rein wie seine note wäre er gekommen
aus dem herzen

DVOŘÁK IN BÖHMEN

Zurückgerufen auf die bühne,
sagte der bratschist:
Antonín Dvořák, kvarteto d-moll opus třicet čtyři

Da spürte ich plötzlich:
du bist in einem fremden land
du bist in der fremde

Doch nur
zwei wörter lang

TRINKGELD

> Der felsen hat einen goldenen fuß
> Ein dankbares fleckchen hier
> (aussprüche von hotelgästen)

Noch nie war der fuß des felsens golden,
zwischen dessen zehen die bierfässer ruhen
im gasthof zu Tisá
Immer schon haben das gold die füße erlaufen,
auf denen das bier zu den tischen der ausflügler
eilt,
auf denen briketts und kartoffeln die treppe zur
küche ersteigen,
auf denen eimer und hader von zimmer zu zimmer
gehn

Noch nie war der fuß des felsens dankbar
unter den ausgetretenen schuhen
im gasthof zu Tisá
Immer schon haben den dank die füße erlaufen,
auf denen ein scherz an die tische der ausflügler
tritt,
auf denen noch nachts aus dem siebenten keller ein
seltener tropfen emporsteigt,
auf denen die fragen nach schlaf und befinden dem
gast hinterhergehn

Doch schmerzen im gasthof zu Tisá, am fuße des
felsens,
die fü߬te um mitternacht,
und ein tag wird verrechnet vom leben,
sind das gold und der dank
münzen

Und nichts ist geblieben
von so vielen menschen

IN DER THAYA

Ich zerteile den himmel, zerteile die wälder
im steinkühlen wasser der Thaya,
auf dem sich die stille spiegelt
Der druck des flusses
hebt den druck auf über dem herzen

Erinnerungen streife ich ab an den schatten der
felsen,
plädoyers der fiebernächte, bilder, die das fieber
schüren
wie mikroben:
Mißtrauen hinter den wänden die einstürzen
werden davon
die gleich einstürzen werden:
seht ihr's wie in seinen händen eine rose aufblüht?
Sehr ihr's nicht? Eine rose
Wir aber sind nicht für rosen
Wir sind für die ordnung
Wer für die rose ist,
ist gegen die ordnung
Gleicht ein rosenblatt dem andern? Seht nur!
Und wie viele sie hat
Sie ist das chaos
Er will das chaos
Was aber ist denn das chaos?
Es ist der untergang der ordnung
Bewacht ihn! Er will den untergang der ordnung

Seht nur – wie sie alle nach der rose blicken
Er bringt die ordnung um die blicke, der verräter!
Da, da – ein dorn! Seht ihr nicht? Sie hat einen dorn
Hilfe! Wir verbluten! Die rose hat uns angegriffen
Wir sind für die ordnung
Sie hat die ordnung angegriffen
Verurteilt die rose! Verurteilt seine hände!
Er ist ein feind der ordnung
Schließt ihn aus der ordnung aus!
Verurteilen! Verurteilen! . . .

Den himmel zerteile ich, wälder
im steinkühlen wasser der Thaya,
auf dem sich die stille spiegelt
Angenehm knackt das rückgrat
und streckt sich

ENTSCHULDIGUNG
(den waschfrauen des bezirkskrankenhauses Außig
an der Elbe)

Seit mir das chemische konglomerat über der stadt,
physikalisch durchsetzt mit flugasche und
lokomotivenruß
und unlängst vom wochenblatt SEVER gereinigt
geboten
in dem begriff »luft«,
schwarz in der lunge verblieb
(nebst einem schock nebel über der Elbe),
werde ich reichlich beschenkt
mit der weisheit der ärzte, den mühen der
schwestern,
mit elektrokardiogrammen, röntgenstrahlen,
laboranalysen,
mit autovakzinen, medikamenten (produziert
aus kostbarstem rohstoff, importiert
aus aller herren länder),
mit den nächtlichen gängen der heizer im keller des
krankenhauses
und mit bettenweiß zum schlafen nach den
injektionen . . .

Ich möchte mich dankbar erweisen
für die forschende frage des arztes
wie für die kleinste der ungezählten blüten weiß,
in das ich sinke
unterm geschlossenen lid der erschöpfung

Wie ein lehrling hab ich den schwestern
über die schulter geblickt,
um sie am morgen zu überraschen
mit den geglätteten tüchern meines bettes

Sie zeichnen mich aus
mit den braunen und blauen medaillen ihrer blicke

Niemals hab ich vom tupfer über der vene
orange in das saubere leinen gedrückt,
und keine rose meines blutes ist verwelkt im laken

Und doch –
ich muß um entschuldigung bitten

In den nächten, da das visum abläuft
mit dem ticken meiner uhr,
brechen die alten wunden auf in mir, kreisen die
gedanken, sich formierend
für die rückkehr in die unbewältigte
vergangenheit . . .

Das bettuch mit den schlimmen tintenflecken im
haufen der abgezogenen wäsche
ist meines

ANKUNFT IN MEINER STADT

1
Über die grenze des großen erlebnisses kommend,
fröstelnd noch im mantel der reise,
gehe ich wieder
durch meine stadt

Sie bindet
den morgen von der stille los

Das ticken der absätze in den gäßchen,
das läuten,
das abspringt von der straßenbahnklingel,
das vornehme türenschlagen des autobesitzers,
der sprengwagen
für eine illusion von tau auf dem asphalt
lassen die glocke über der stadt
dünner werden
Sie beginnt zu summen

Die sonne schließt das grau auf

Die stadt
läßt alle farben auf die straße
Die pastells der häuserwände sind da
mit einemmal:
Ich bin die erste! Nein, ich! Ich!
Aus den straßenbahndepots

schwenkt ratternd das elfenbein,
aus den garagen rollen
das hellblau mit dem gürtel des taxi
das dunkelgrün der polizei
das lindgrün irgendeines autos
das rot der feuerwehr
das schwarz der städtischen bestattung
das gelb der post

Die stadt
mischt gerüche unter die farben,
den ledergeruch aus dem schuhgeschäft,
dessen offene tür
die kehrfrau mit dem besen verstellt,
den bierdunst aus dem ventilatorloch des restaurants
die parfüms der seifen aus der drogerie
den duft der kaffeerösterei
den fischgeruch des Fisch-konsums
den tabakgeruch vom holz des kiosks
den moderatem eines hausflurs
die stickige luft aus den fenstern
meiner fakultät
Lavendel veilchen rose
plakatieren
mit einem hauch

Ich gehe durch die nähe
der gebadeten haut einer jungen frau

Giftig süß betäubend
ist die schale
meiner stadt

2
Von einem brunnen weiß ich im süden Mährens,
der einschläft,
das moos unterm arm

Wie ein messer dringe ich unter die schale
meiner stadt
Ich schneide
bis an den kern:

Kein tropfen quillt
solchen wassers

3
Nun werde ich in meinen träumen
lange unterwegs sein

Ich werde
durch die stille gehn des parkenden lärms,
der karrieren, die auf den plätzen halten und an
den bordsteinen

Durch das hellblau mit dem gürtel des taxi,
das kreisen wird wie ein elektron,
bäume hexend,
wenn es die bahnen des gelb kreuzt,
werde ich hindurchgehn,
die scheinwerfer seines luxus mit den wimpern
zerteilend

Entlangeilen werde ich
am dufte nackter haut
(um mehr
als nur erinnerung zu retten)

Unzählige schienenlücken
werden die wiesen meines schlafes zertrümmern

Einer
wird mit dem bleistift an den mond klopfen
und sagen:
Dobrý den! Československá pasová kontrola
Kam jedete, pane?
Wohin fahren Sie?
Und ich werde sagen:
zu einem brunnen im süden Mährens,
der einschläft,
das moos unterm arm
Und er
wird salutieren, als hätte ich
die tschechoslowakische hymne gesungen

Und ich werde fahren fahren

Um jeden morgen zu erwachen
als dichter

HORIZONTE
(dem dichter Jan Skácel)

Ich bin des regenbogens angeklagt,
und die großen farben Schwarz und Weiß
sitzen in vielen häusern
meiner stadt

Der himmel ihrer fenster erstarrt,
wenn ich die straße betrete
(Als das kümmerliche etwas,
das auf meiner hand lag,
wie ein regenbogen schimmerte
und die großen farben Schwarz und Weiß
erschreckte,
sagte ich: einmal wird es blühen
Und ich schloß die hand
Nun wissen sie, ich trage es bei mir)

Auf ihrer rotationsmaschine neben meinem schlaf
vervielfältigen sie für den kommenden tag
das verschweigen
(Denn unheimlich ist den großen farben Schwarz
und Weiß
das lebendige
Die poren, mit denen es atmet,
verschließen sie
So kann es nicht aufblühn)

Zwischen den großen farben Schwarz und Weiß
aber
ist eine große lücke
Durch die diese lücke floh ich

Nun weiß ich:
Viele möglichkeiten hat die rose

DER VOGEL SCHMERZ

Nun bin ich dreißig jahre alt
und kenne Deutschland nicht:
Die grenzaxt fällt in Deutschland wald
O land, das auseinanderbricht
im menschen

Und alle brücken treiben pfeilerlos

Gedicht, steig auf, flieg himmelwärts!
Steig aúf, gedicht, und sei
der vogel Schmerz

sensible wege

dem tschechischen volk, dem slowakischen volk
českému národu, slovenskému národu
českému l'udu, slovenskému l'udu

und es war schön finster

DER HOCHWALD ERZIEHT SEINE BÄUME

Der hochwald erzieht seine bäume

Sie des lichtes entwöhnend, zwingt er sie,
all ihr grün in die kronen zu schicken
Die fähigkeit,
mit allen zweigen zu atmen,
das talent,
äste zu haben nur so aus freude,
verkümmern

Den regen siebt er, vorbeugend
der leidenschaft des durstes

Er läßt die bäume größer werden
wipfel an wipfel:
Keiner sieht mehr als der andere,
dem wind sagen alle das gleiche

DIE BRINGER BEETHOVENS
(für Ludvík Kundera)

Sie zogen aus, Beethoven zu bringen
jedermann
Und da sie auch eine schallplatte hatten
spielten sie zur rascheren einsicht
die sinfonie nr. 5 c-moll opus 67

Der mensch M. aber sagte,
es sei ihm zu laut, das
mache sein alter

Über nacht setzten die bringer Beethovens
maste an straßen und plätze
spannten drähte befestigten
lautsprecher und mit dem morgen
ertönte zur bessren gewöhnung
die sinfonie nr. 5 c-moll opus 67,
laut genug daß man sie hörte
auch in der ferne

Der mensch M. aber sagte, ihn schmerze der kopf,
ging heim gegen mittag schloß
türen und fenster und lobte
die dicke der mauern

Herausgefordert, knüpften die bringer Beethovens
draht an die mauern und hängten
lautsprecher über die fenster daß
durch die scheiben drang
die sinfonie nr. 5 c-moll opus 67

Der mensch M. aber ging aus dem haus und zeigte an
die bringer Beethovens;
doch jeder fragte ihn, was er habe
gegen Beethoven

Angegriffen, klopften die bringer Beethovens
am tore des menschen M., stellten als er es auftat
hinter die schwelle den fuß; die sauberkeit lobend
traten sie ein
Zufällig kam auch die rede
auf Beethoven
und zur belebung des themas hatten sie
zufällig bei sich
die sinfonie nr. 5 c-moll opus 67
Der mensch M. aber schlug mit der eisernen
schöpfkelle
ein auf die bringer Beethovens
Er wurde verhaftet zur zeit

Mörderisch nannten die tat des M.
anwalt und richter der bringer Beethovens
Doch hoffnung sei immer
Er wurde verurteilt
zur sinfonie nr. 5 c-moll opus 67
von Ludwig van Beethoven

Da trommelte M. und schrie
bis stille war

Er war schon zu alt, sagten die bringer Beethovens
Am sarge des M. aber, sagten sie,
stehn seine kinder

Und die kinder verfügten
daß gespielt werde
am sarge des menschen M.
die sinfonie nr. 5 c-moll opus 67

DAS ENDE DER FABELN

Es war einmal ein fuchs . . .
beginnt der hahn
eine fabel zu dichten

Da merkt er
so geht's nicht
denn hört der fuchs die fabel
wird er ihn holen

Es war einmal ein bauer . . .
beginnt der hahn
eine fabel zu dichten

Da merkt er
so geht's nicht
denn hört der bauer die fabel
wird er ihn schlachten

Es war einmal . . .

Schau hin schau her
Nun gibt's keine fabeln mehr

DAS ENDE DER KUNST

Du darfst nicht, sagte die eule zum auerhahn,
du darfst nicht die sonne besingen
Die sonne ist nicht wichtig

Der auerhahn nahm
die sonne aus seinem gedicht

Du bist ein künstler,
sagte die eule zum auerhahn

Und es war schön finster

LIED VOM BIERMANN

Wo wäre das bier ohne biermann?
Im faß

Helles bier dunkles bier
ausgeschenkt nach dort und hier
Ihr wolltet nicht trinken

Wer trinkt nun das bier dieses biermann?
Der Grass

Starkes bier dünnes bier
ausgeschenkt nach dort und hier
Ihr wolltet nicht trinken

Biermann sei ihrmann?
Achwas!

Mann ist mann bier ist bier
Biermann kam von dort nach hier
Ihr wolltet nicht trinken

eine kleine deutsche stadt

Reuß-Schleiz-Greiz und Hinterpommern
Heinrich Heine

DREIBLICK

1
Greiz grüne
zuflucht ich
hoffe

Ausgesperrt aus büchern
ausgesperrt aus zeitungen
ausgesperrt aus sälen

eingesperrt in dieses land
das ich wieder und wieder wählen würde

hoffe ich
mit deinem grün

2
Ich hoffe
mit jedem axthieb geführt
bei strafe des verdurstens

FISCHRITT AM NEUJAHRSMORGEN

Stadt, schlüpfrige, halt still

Ah, jetzt erkenn ich's, du
bist ein fisch

He, ich balanciere auf dem rücken eines
fisches

Dächer, sagt ihr, nüchtern gebliebene, das
sind silberne schuppen

Jaja, ein märchenfisch, das schloß
trägt er wie eine krone

Ein verzauberter prinz, ein
Reuß, ein
debiler

Schon gut, wir werden schlafen
und zu mittag

wird er wieder eine
stadt sein

REITER ZWISCHEN TAG UND TAT

Die vögel zersingen den schlaf

Die gedanken
geben dem herzen die sporen

Sie sprengen davon, während ich
liege

Sie werden es zuschanden reiten, wenn ich
nicht aufsteh

ERSTER FRÜHLINGSTAG

Frauen ich sehe euch
fenster putzen

Und der himmel, der schillernde vogel,
wird sich in eure gläsernen fallen stürzen bis zum
abend bis
sein entzündetes auge verglüht, der
graue erblindete vogel, der
schwarze vogel, dessen
gelbes auge euch nackt sieht

Frauen ich sehe euch
fenster putzen

Am abend werden sie das licht
weitersagen wie gute worte wie
verschämte worte wie
worte hinter vorgehaltner hand wie
ungewollte worte

Frauen ich sehe euch
fenster putzen

Daß der tausendschwänzige regen
wenigstens nicht diese nacht
gegen die scheiben schlage, schlagen
alle fenster ein kreuz

RADFAHREN

Ablenken, hin
zu den wäldern

Die autofahrer lächeln
wie erwachsene

Und wirklich, im wald
auf ästelndem pfad, knarrt
die kinderknarre in den speichen

Wenn wir absteigen
wie von einem schüttelsieb, ist der geist
feiner sand

und lockt zum spielen

DER TABAKDRACHE

> Wenn du rauchst
> bist du ein drache
> (die tochter)

Ich bin ein drache

Jetzt begreifst du
den wald um uns

Jetzt begreifst du
das tal unter uns

NAMENSÄNDERUNG

Du stachelst du
bist ein igel
(der sohn)

Ich bin ein igel

Meine stacheln aber sind blumen ein
kindergeburtstagsstrauß

Schmetterlinge sitzen
auf und ab

Vergiß, mein sohn. Ich bin
dein vater nicht, bin nur
ein igel der

blüht

DAS PLAKAT

Gescholten schlugst
an meiner tür du an
das plakat: einen

löwen

handgemalt handgroß

Ein zirkuslöwe: hochgeschnellt
die hinterpfoten als
mache er handstand geschlossen
die grimmigen augen harrend schien's des
peitschenknalls

Tochter, nie
gelang mir dieses kunststück

DREI BILDHAUERETÜDEN
(für Elly-Viola Nahmmacher)

1
Auch nach dem sturz
stirbt der baum im baum
nur langsam

Wie im menschen der mensch

Ihm den
kern nehmen,
aushöhlen ihn

Das
macht brauchbar

2
(auftrag zu einer weihnachtskrippe)
Das volk
will ochs und esel

Auch den hauch ihres atems
wenn möglich
aus holz

RICHTIG NATÜRLICH

3
Und wieder und wieder gekreuzigt
Christus

in holz und stein
kupfer und eisen
glas und gips

Aber die auferstehung

SERENADE IM SOMMERPALAIS

1
Der gartensaal ein schwerer leuchter

Ein spalier von kerzen
dem allegro, das
durch jahrhunderte kommt

Geschlossnen auges greift
der cembalist, ein
erleuchteter

Erleuchtung bricht
aus kunst und fuge

Wir sitzen
unbewegt, als brenne auch in uns
eine kerze

2
Dann, im park,
fliegen schwarze käfer davon, geigenkästen
unterm arm, stadtein
gehn sie zufuß (unterm mantel für kühlere abende
hängen die schwarzen flügel hervor)

Wir gehen hinterher und suchen
goldene brücken

DER APFELESSER
(für R.W.)

Deine neigung galt
den abgefallenen

Als verneigtest du dich

Mit denen
mache keiner sich die müh, sie aber
seien die reifsten

Du stiegst durch gras und kraut
wie durch die zeit

FÄLLT MIR 'NE HÜBSCHE
GESCHICHTE EIN

In jeder
zehn schwarze weisheiten

Sauer
ist die erfahrung dessen, der
nur dem apfel glaubt
am ast

MACHT UND GEIST

Nein sie lauert nicht mehr (daß er
das haus verlasse) fährt nicht mehr
hart an den bordstein (einsteigen, besprechung bei
X), im wagen
entsichernd

Ihre reflektoren
blenden ihn nicht mehr

Nur die erinnerung in ihm
ist belichtet

AM BRIEFKASTEN

Die marke steht kopf
Der kopf steht kopf

Aus versehen
Aus versehen?

– – –

Am besten
ein neuer umschlag

HYMNUS AUF EINE FRAU BEIM VERHÖR

Schlimm sei gewesen
der augenblick des
auskleidens

Dann
ausgesetzt ihren blicken habe sie
alles erfahren

über sie

KURZER LEHRGANG

Dialektik
Unwissende damit ihr
unwissend bleibt

werden wir euch
schulen

Aesthetik
Bis zur entmachtung des
imperialismus ist
als verbündet zu betrachten

Picasso

Ethik
Im mittelpunkt steht
der mensch

Nicht
der einzelne

DEUTSCHLAND DEUTSCHLAND
(für Alexander Solschenizyn)

Ihrer standhaftigkeit
hörte ich sie sich
rühmen

Nicht der standhaftigkeit eines
batteriechefs, ausgezeichnet
mit orden und wunden

Nicht der standhaftigkeit eines
siegers, verurteilt
zu lager exil

Nicht der standhaftigkeit eines
dichters, der
dennoch schreibt

Der standhaftigkeit, als einzige
verschwiegen zu haben
das buch eines standhaften

hörte ich sie sich
rühmen

VON DER NOTWENDIGKEIT DER ZENSUR

Retuschierbar ist
alles

Nur
das negativ nicht
in uns

DIE ANTENNE

1
Sie abzusägen, drohte
die straße

Die antenne flüchtete
unter den first, hier

zeigte auf sie
das haus

Die antenne flüchtete
ins zimmer, hier

zeigten auf sie
die wände

Die antenne flüchtete
in den kopf, er

bot sicherheit

2
Vorerst

ZWEITES GEDICHT ÜBER DAS FENSTERPUTZEN

Den rahmen säubern
von der möglichkeit des gitters, den wirbel
von der möglichkeit des galgens, den sims
von der möglichkeit des letzten schritts

Die scheiben putzen, nichts
trübe den blick

Atmen
den frieden der fenster die
nachts nicht verschweigen müssen
ihr licht

JEDER TAG
(für Elisabeth)

Jeder tag
ist ein brief

Jeden abend
versiegeln wir ihn

Die nacht
trägt ihn fort

Wer
empfängt ihn

LESUNG

Da war auch einer der
schrieb mit

wortumwort
versumvers

schrieb

Am morgen verschwiegen
die zeitungen

Am abend zeigte der bildschirm
bilder

von der festigkeit

HEIMFAHRT AUS Z.

Angemauert an meinem weg
das gefängnis schlotschwarz düstre
wucherung von zellen ein
tumor aus steinen

Der gelbe bus weicht aus

ELEGIE

Weimar totenglöckchen
an der deutschen eiche

Du läutest
zur Fürstengruft

Du läutest
zum Ettersberg

Du
läutest

Wo aber bleiben
die vögel

ERINNERUNG AN GREIZ

Häuserhänge wie
von naiven gemalt, längs
der dächer führn straßen schornsteine stehn
wie kilometersteine

Am schloßturm
fahnen, ausgehängt nach
ost und west, zwei
taube ohren

Der kirchturm eine schusterale
für die schuhe gottes

Wälder wälder, auszuschweigen
das wort

DEZEMBER

Stadt, fisch, reglos
stehst du in der tiefe

Zugefroren
der himmel über uns

– – –

Überwintern, das
maul am grund

hunger nach der welt

MORGEN IN MARIENBAD

Parkrasen geschoren wie
gräberkissen

– – –

Am sanften seil des quells
läutet die galle

KOLONNADENKONZERT

Niedergeschrien von den spatzen, aufgepickt
ton für ton, tönt
der walzer

Unsterblich knirscht er unter den sohlen,
die Blaue Donau voller sand

Die galle tanzt auf den steinen

SENSIBLE WEGE

Sensibel
ist die erde über den quellen: kein baum darf
gefällt, keine wurzel
gerodet werden

Die quellen könnten
versiegen

Wie viele bäume werden
gefällt, wie viele wurzeln
gerodet

in uns

BESUCH IN MÄHREN BIS NACH MITTERNACHT

Zäh widersetzte der hand sich
die wegwarte

Bei Halas am grabstein, erbarmungslos
wie die wahrheit, welkte sie
bevor wir gingen

Von den straßenbäumen hingen
fledermäuse aus grummet

Die freundesseufzer
über so viel zwetschen, so viel
nichtgeschriebene sätze, spießten wir
auf angespitztes holz, im reisigfeuer
brieten sie
mundgerecht

Der Große wagen wartete
am rain

Wir stiegen ein, in jedem arm
einen zwetschenbaum, leere räume hinterlassend
in des hausherrn garten

Langsam
würden sie sich füllen
mit zeit

BEI E. IN VŘESICE

Er nahm uns auf die töpferscheibe
und formte krüge aus uns

Skácel fiel barock aus
wie der zwiebelturm von Sulíkov

Kundera geriet auf eigenen wunsch
dreieckig (kunststück)

Unterm sanften druck der hände wurde ich
ein krug aus Mähren

Dann füllte uns der meister
mit löwenzahnwein

Als wir gingen, schwer
wie steingut, schlug mir der apfel am baum

gegen die stirn

DORF IN MÄHREN
(für Peter Huchel)

Fünf jahre heiratete niemand
in Touboř keiner
starb kein kind
wurde geboren

Lautlos blüht am hang
die wegwarte

EINLADUNG ZU EINER TASSE JASMINTEE

Treten Sie ein, legen Sie Ihre
traurigkeit ab, hier
dürfen Sie schweigen

MAHNUNG AN EIN VERSPRECHEN
(für Milan Kundera)

Milan, leere
seite unsres
gästebuchs, in deiner ganzen blöße liegst du
aufgeschlagen auf dem tisch

Jaja, die mädchen hier sprechen
nicht tschechisch

DÜSSELDORFER IMPROMPTU

Der himmel zieht die erde an
wie geld geld

Bäume aus
glas und stahl, morgens
voll glühender früchte

Der mensch
ist dem menschen
ein ellenbogen

KLEINE REISESONATE

Allegro vivace
Wie der hahn durchs zaunloch,
geduckt, den schnabel fast
am boden, die flügel
angelegt, so
zwängte ich mich
unter dem schlagbaum hindurch

Ich hatte nichts bei mir außer
meinem hunger nach der welt

Böhmen Mähren Slowakei – ein flügelschlag,
Ungarn ein zweiter, dann
schüttelte ich mich,
reckte mich
und krähte

Und da die sonne nicht kam,
pickte ich
ein korn

Auch in Rumänien wächst der mais
nicht in den schnabel

Adagio
Kronstadt, angeschmiedet
an den fuß der Karpaten und an
meinen, ich
darf nicht weiter

Nein, keinen bruder habe ich in Bukarest, nur
brüder

Brâncuşi aber zählt nicht

Und irgendwo hoch die sonne Rumäniens, harter
dollar, kaum einzuhandeln gegen
freundliche gefühle

Scherzo
Siebentageregen über Bukarest

Doch die freunde
rollten einen großen weißen käse durch die
straßen, leuchtend –
eine sonne, ihre bärte
hielten sie wie schirme

Alle züge endeten in Prag

(Anstelle eines trios)
Von der messerspitze kosteten wir
schafskäse und
verse

Der käse, freunde, war
gesalzener

Allegro ostinato
Zerknittert, ein
ein-leu-schein, zerdrückt
in dunklen taschen Rumäniens, gewechselt
im regen, zerknüllt
zwischen faustgroßen erdbeeren, hühnern (lebendig
gebündelt), rosen, knoblauch, hingestülpt
in den bukarester trolleybussen, die
im sprung genommen werden wie
steppenpferde, betastet
von kellnerfingern, dichterfingern, fingern
der miliz, in
bruderhänden gehalten,
handwarm,
so

        erwachte ich, zurückerstattet
meinem vaterland, geprüft
auf echtheit, dreimal
gewendet, doch

unerkannt und
mit heimlichen fingerabdrücken
neuer freunde

DIE BRÜCKEN VON BUDAPEST
(für Elisabeth)

Die brücken erinnern ans lieben

Weil sie
überbrücken
    wie die arme der liebenden die nacht
    der phallus den tod

Weil sie
von neuem überbrücken und
    dennoch
    dennoch
    dennoch

Die brücken erinnern ans lieben: spannung
wie in den muskeln liebender

Die Margareteninsel,
entbunden des keuschheitsgelübdes, spreizt
die schenkel ihrer brücke, der himmel
ein männerauge

Zwischen ferse und schulter
ein einziger bogen, erinnert ans lieben
die brücke der brücken

mit deinem namen

UNGARISCHE RHAPSODIE 66
(für Tibor Déry)

Der schaffner kam in der uniform
eines postillions

In der schwarzen ledertasche auf der hüfte hatte er
die Donau diesen schweren
doppelbrief, versiegelt
mit einem mohnfeld wie
mit einem blutfleck

Budapest schimmerte durch den umschlag
wie vor dem gewitter

Ich durfte nicht öffnen, doch
lange las ich auf der pußta nachts
die steile schrift der blitze

PUSCHKINS MICHAILOWSKOJE

»Die front ging hier
durch den garten«

Beklommen, doch
ohne schuldgefühl

Verzeiht

Wer immer
die angreifer wären hier jetzt zum gegner hätten sie mich

Wer immer einfallen wird
in die offenen gärten der dichter

WEISSE NACHT

Nichts am himmel das
die liebenden zudeckt

Nicht einmal schwarzes nylon
für die haut

Nichts, nur
ein abgebrochener knopf

Und auch er
leuchtet

WECKRUF
(für einen jungen dichter im geteilten Deutschland)

Untersagt worden sei dir
eine reise nach W.
Unklarheit herrsche über
deine person
Plötzlich

Verkennung, schreibst du
Unterstellung, schreibst du
Diffamierung, schreibst du, was

hättest du geschrieben wäre dir
gestattet worden
auch diese reise

FANFARE FÜR VIETNAM

Meine worte will ich schicken gegen
bomber
          bomber
                    bomber

Mit meinen worten will ich auffangen
bomben
          bomben
                    bomben

Meine worte aber haben
                                handschellen

PRAG FRÜHJAHR 1968

anschlagtafel
Ihr recht
plakatieren die farben: zu wissen
woher und nicht
wohin

theater
Die pantomime gebar
sprechende kinder die sagen

alles

(Sie grüßt
aus der ferne)

zeitungsleser
Verkehrt
liest das volk die zeitung: von
vorn

Das tor von Slavia gegen Sparta das
dem leben einen sinn gab ist
zweitrangig

HYPOTHEKEN GESUCHT FÜR
FUNDAMENTE

RÜCKKEHR AUS PRAG
Dresden frühjahr 1968

Eine lehre liegt mir auf der zunge, doch
zwischen den zähnen sucht der zoll

einundzwanzig variationen über das thema
»die post«

1

Wenn die post
hinters fenster fährt blühn
die eisblumen gelb

2
Brief du
zweimillimeteröffnung
der tür zur welt du
geöffnete öffnung du
lichtschein,
durchleuchtet, du

bist angekommen

3
Tochter, briefträgerin vom
briefkasten bis zum
tisch, deine stimme ist
das posthorn

4
O aus
einem fremden land, sieh
die marken . . . Wie
heißt das land?

– – –

Deutschland, tochter

5

O ist
die marke schön: der wolf und
die sieben geißlein und
seine pfote ist
ganz weiß . . . Wer
hat den brief geschrieben?

Vielleicht
die sieben geißlein,
vielleicht
der wolf

. . . der wolf ist tot!

Im märchen, tochter, nur
im märchen

6
Tochter
du plünderst kuverts? Ach nur
das blaue schiff und
den lustigen hahn?
Die stempel sind lesbar:
HAMBURG PARIS

Ich will alle briefmarken
wegschließen

7
Tochter –
briefmarkensammeln was
ist das schon

Wie ein schmetterling
leicht werden wenn
du eine schmetterlingsmarke siehst

wie ein vogel
fortfliegen wenn
du eine vogelmarke siehst

8

O freude des frankierens

der brief ist
ein weißer hals
die marke
das amulett

der brief ist
eine wolke
die marken
sind vögel

der brief ist
schnee
die marken
sind mäuse

der brief ist
das tischtuch
die marken
sind rosen

(schalterbeamte ihr
entwertet ein
kunstwerk)

9

HIER BEDIENT POSTHAUPTASSISTENTIN L.

Hinter der barriere,
auf die ich meine nackten briefe lege,
sitzen
Sie

Sie verfügen
über feuersalamander auf rotem gestein
über scharen kleiner igel
über schmetterlinge in orange und hellblau

Sie
sind gott

Sie verpassen meinen briefen
grasgrüne uniformen

Sie
sind der feldwebel

10

Niemals beschwere dich über
die post

An allen schaltern
verweigert sie dir

die kleinste
billigste die
letzte
der verweigerbaren freuden –

die
seltene
gewöhnliche
zwanziger

11

Brief
du fliegst die grenze an

Ich wünsche dir
einen himmel aus papier,
die größere geschwindigkeit

Du
trägst keine bomben

12

Eilzustellung / Exprès
Berlin (west) 20. 1. – 13 uhr
Greiz 26. 1. – 21 uhr

Brief
Berlin (west) 1. 2. – 17 uhr
Greiz 9. 2.

Was
der tochter sagen im
postmuseum?

13

Tochter, schwer
fällt das warten bis
der zug kommt bis
er abfährt bis
wir aussteigen

Doch wenn man stirbt
zwischen zwei briefen

14
Schöne weiber
kursierten unter den belagerern
Neapels, hinsank
das heer an
syphilis

Alle nachrichten sind
weiber

15

Bad Godesberg, 4. 9.
»... wir haben die Nachforschungen nach dem letzten Einschreibebrief bei der Post eingeleitet: bisher noch ohne Ergebnis ...«

Bad Godesberg, 10. 9.
»... vielen Dank für Ihren letzten Brief, dem ich entnehmen muß, daß Sie auch mein letztes Schreiben nicht erhalten haben ...«

Bonn, 26. 10.
»Zu dieser Postsache: Sie landete wohl dort, wo wir vermuteten, denn wir erhielten die Bestätigung. Der Brief wurde an Sie nicht weitergeleitet ...«

Briefe ihr
weißen läuse im
pelz des vaterlands, wartet,
die post ist
ein kamm!

16
(für Jan Skácel)

Briefträger, freunde, wenn
mir's nicht mehr reichen wird für
briefmarken, gebt mir

eine mütze
eine tasche
eine straße und
viel post

Ich werde
keinen brief verlieren, die ecken
nicht umknicken (VORSICHT
BEI DEN GROSSEN ANSICHTSKARTEN – ich
weiß)

Trauerschreiben
halte ich zurück bis
alle briefe ausgetragen sind

Stets
trag ich mit mir einen brief für
entmutigte

(Nur überlaßt mir keinen brief aus
Mähren, ich
begänne zu dichten)

17
Briefträger sein

Tag für tag
erwartet werden, eine
hoffnung sein, das unüberbrückbare
überbrücken mit
jedem schritt

Briefträger sein

Tag für tag
bis vor die türen der menschen gehen, nicht
eintreten dürfen

18
Es läutet – um
diese zeit?

Die
eilpost! Die welt
gibt ein zeichen!

– – –

GUTEN TAG WIR
HÄTTEN UNS GERN MIT IHNEN
UNTERHALTEN . . .

19
Wie ein gitter
fällt der schatten der fensterstäbe
aufs papier.

Es ist weiß.

Schuld genug.

20
(unserer briefträgerin der
vielgeschmähten: IST DAS ALLES?!)

Einmal,
nach einem sehr schönen brief,
werde ich ein fest geben für
briefträger, die briefe austragen
aus leidenschaft, für
schalterbeamte, die grasgrüne marken
zum blühen bringen, ein
fest von
hier
bis
zum
briefkasten

21
(dem tod)

Eines morgens
wird er läuten als
briefträger verkleidet

Ich werde ihn
durchschauen

Ich werde sagen: warte bis
der briefträger vorüber ist

zimmerlautstärke

. . . bleibe auf deinem Posten, und hilf durch deinen Zuruf; und wenn man dir die Kehle zudrückt, bleibe auf deinem Posten und hilf durch dein Schweigen.

Seneca

monologe mit der tochter

MEDITIEREN

Was das sei, tochter?

Gegen morgen
noch am schreibtisch sitzen, am hosenbein
einen nachtfalter der
schläft

Und keiner weiß vom anderen

NACH DER GESCHICHTSSTUNDE

Die damals, der
Tamerlan war der
grausam: zehntausende seiner gefangenen ließ er
binden an pfähle, mit mörtel und lehm
übergießen lebendig
vermauern

Tochter, die teilweise ausgrabung
jüngster fundamente
wird bereits
bereut

GEGENWART

Was ich verwahre hinter schloß und siegel?

Keine konspiration nicht einmal
pornografie

Vergangenheit, tochter

Sie zu kennen kann
die zukunft kosten

ERSTER BRIEF DER TAMARA A.

Geschrieben habe dir
Tamara A., vierzehn jahre alt, bald
mitglied des Komsomol

In ihrer stadt, schreibe sie, stehen
vier denkmäler: Lenin
Tschapajew
Kirow
Kuibyschew

Schade, daß sie nichts erzähle
von sich

Sie erzählt
von sich, tochter

APPELL

1
D., schüler der siebenten klasse, hatte
versehen mit brille und dichtem haupthaar
das bildnis Lenins

Öffentlich

So
in gefährliche nähe geraten
der feinde der arbeiterklasse, der imperialisten ihr
handlanger fast, mußte er stehn
in der mitte des schulhofs

Strafe:
            tadel, eingetragen in den schülerbogen der
ihn begleiten werde
sein leben lang

2
Du fragst warum
sein leben lang

Lenin kann ihm nicht mehr helfen, tochter

DRILL

kere – bitten
kerekere – betteln
(wörter der fidschiinsulaner)

Die sprache der fidschi, heißt es, zeugt
von niederer kultur:
sie beruht
auf dem prinzip der wiederholung

Daher, tochter:
marschmarsch!

SONNTAG

1
Zwanzig zentimeter überm knie

In strümpfen die
blühen über den schenkeln in
strümpfen gezeichnet wie die schlange in
unsichtbaren strümpfen in
strümpfen geknüpft wie
strickleitern

2
Die luft der trottoire
vibriert vom geläut
der kurzen glocken

JUGEND IN DEN PFARRGARTEN

Christus fährt nicht gen himmel
im rauch der rostbratwürste die
der pfarrer brät (der rauch aber zeigt
den weg)

SIEBZEHNJÄHRIG

Wir sind jung
die welt ist offen
(lesebuchlied)

Horizont aus schlagbäumen

Verboten
der grenzübertritt am bildschirm ein bild
von der welt sich zu machen es lebe
das weltbild

Bis ans ende der jugend

Und dann?

NACH EINER UNVOLLENDETEN MATHEMATIKARBEIT

Alles
durchdringe die mathematik, sagt
der lehrer: medizin
psychologie
sprachen

Er vergißt
meine träume

In ihnen rechne ich unablässig
das unberechenbare

Und ich schrecke auf wenn es klingelt
wie du

SELBSTMORD

Die letzte aller türen

Doch nie hat man
an alle schon geklopft

wie die dinge aus ton

Ohne das Gefühl der Zugehörigkeit zu den Bedrohten wäre ich ein sich selbst aufgebender Flüchtling vor der Wirklichkeit.

Jean Améry

AUCH EIN WINTERGEDICHT

Kernbeißer, seltener fenstergast

Treibt dich der frost her?
Vielleicht sogar aus dem böhmischen?

Beißen die freunde den kern?

Wir dachten, sie könnten den frühling
erfliegen

Aber der frühling muß
kommen

Wir müssen den kern beißen

Der winter wird hart sein und lang

HISTORISCHE NOTWENDIGKEIT

Fünf wahrheiten
rehabilitiert

Das ansehen von
fünfhundert lügen
katastrophal

Also
panzer

WIE DIE DINGE AUS TON

> Aber ich klebe meine hälften zusammen
> wie ein zerschlagener topf aus ton.
> (Jan Skácel, brief vom februar 1970)

1
Wir wollten sein wie die dinge aus ton

Dasein für jene,
die morgens um fünf ihren kaffee trinken
in der küche

Zu den einfachen tischen gehören

Wir wollten sein wie die dinge aus ton, gemacht
aus erde vom acker

Auch, daß niemand mit uns töten kann

Wir wollten sein wie die dinge aus ton

Inmitten
soviel
rollenden
stahls

2
Wir werden sein wie die scherben
der dinge aus ton: nie mehr
ein ganzes, vielleicht
ein aufleuchten
im wind

DER WEG ZU EUCH

> Es ist so leicht, den weg zu uns zu finden.
> (Jan Skácel)

Es war so leicht den weg zu euch zu finden

Aus wolken und wäldern die
aus den nähten platzten fanden sie ihn
noch nachts

Über kimme und korn
kürzten sie ab, die tore standen
angelweit, verwunderung
bis an die schwellen

In der finsternis, die sie
vor sich herschoben,
verirrten sie sich

Sie richteten sich ein
auf den brücken

Und statt der achsen hörte man
im schlaf die menschen stöhnen

Nun ist es schwer den weg zu euch zu finden

ANGELN AN DER GRENZE

Bis auf den flußgrund stacheldraht den nur
der fisch durchschwimmt

Der blick durchforstet das gebüsch bevor wir
sprechen

Wovon?

Ähnlich klingen auf tschechisch die wörter
fisch und *fehler*

FELDWEG BEI KUNŠTÁT

Mittags, die kornblumen standen
wie preußen im feld, verbarg sich
die wegwarte

Was war ihr die
im schatten einer wolke kränkelt ergraut im glas
über nacht (wie ein sensibler
in der zelle)

Gegen abend
schlug der hagel zu

RUSSLANDREISE 1968

Der mond eine
gebogene nadel eine
chirurgische nähnadel in
halbvernähter wunde

Irgendwo
hinter wäldern auf entfernung
türen

Irgendwo
hinter den wörtern Ruhmreich und Grandios

Ihre namen sind
bekannt

Der mond eine
chirurgische nähnadel steckengeblieben als man
den chirurgen abrief

Uns voraus
blaulicht: rechts
ran, hier
kommen dichter die fahren

vorüber

Der mond eine
chirurgische nähnadel in entzündetem eine
nadel die wandert

REDE AUF RUSSLAND
(für Alexander Solschenizyn)

Mütterchen Rußland, in den achselhöhlen
wälder mit elchen und wölfen

Dich preisend
holen deine braven söhne mit den armen aus
fast bis zum himmel

Als seien ihre worte
hufnägel, die es einzuschlagen gilt
mit bloßer faust

Als beschlügen sie ihr gewissen
mit eiserner überzeugung

Verlegen lassen sie die arme
sinken und lächeln, frage ich
nach ihren brüdern nahe deinem
herzen

8. OKTOBER 1970
(verleihung des Nobelpreises an
Alexander Solschenizyn)

Ein tag durchsichtig bis
Rjasan

Nicht verbannbar nach Sibirien

Die zensur kann ihn
nicht streichen

(In der ecke glänzt
das gesprungene böhmische glas)

Ein tag der die finsternis
lichtet

Der ans mögliche erinnert:

Immer wieder einen morgen
auf sein gewissen nehmen

zimmerlautstärke

FAST EIN FRÜHLINGSGEDICHT

Vögel, postillione, wenn
ihr anhebt kommt der brief
mit dem blauen siegel, der dessen briefmarken
aufblühn dessen text
heißt:

Nichts
währt
ewig

ZIMMERLAUTSTÄRKE

Dann die
zwölf jahre
durfte ich nicht publizieren sagt
der mann im radio

Ich denke an X
und beginne zu zählen

WOLF BIERMANN SINGT

Im zimmer kreischt die straßenbahn,
sie kreischt von Biermanns platte,
der, als er die chansons aufnahm,
kein studio hatte

Er singt von Barlachs großer not,
die faßt uns alle an,
denn jeder kennt doch das verbot
und hört die straßenbahn

AUF EINEN VERTRETER DER MACHT ODER GESPRÄCH ÜBER DAS GEDICHTESCHREIBEN

Sie vergessen, sagte er, wir haben
den längeren arm

Dabei ging es
um den kopf

PFARRHAUS
(für pfarrer W.)

Wer da bedrängt ist findet
mauern, ein
dach und

muß nicht beten

NOCTURNE

Schlaf du kommst nicht

Auch du
hast angst

In meinen gedanken erblickst du
den traum deinen
mörder

FAHRSCHÜLER FÜR LASTKRAFTWAGEN
(für Jürgen P. Wallmann)

Ich spiele es das
dreipedalige klavier ihn den
dreitonnenflügel sie die
sechsregistrige orgel (jeder
ein solist an der kreuzung der's kann, noch
lächelt der dirigent)

Ich spiele, leicht
blaß (nicht
leichenblaß frau, noch
verreckt nur der motor)

Der doch der
sich nicht findet in simplem vierviertelтakt kann
unter die räder geraten
mit seinen gedanken

Ein requiem üb ich für sie und
werde gelobt für
richtiges einordnen

UMSTEIGEN IN S.

Am bus
die eltern

Wir wollten dich nur sehn

Die augen der mutter
randvoll mit vorwürfen gegen
den vater der
schweigt

Das leben leer
und tote strecken unter tage

Geblieben
der alkohol und
der sohn der

weiterfährt

DAS KLEINE AUTO

1. Von der notwendigkeit ein auto zu kaufen

Seufzer gibt's die
absplittern von der seele

So
seufzte die mutter

Fremd wie die welt eines tiefseefischs
ist das bücherschreiben des sohnes

Auf einer radiowelle
kommt sein name geschwommen

Doch:
Was bringt das ein

Andre söhne holen ihre eltern ab
im auto

2. Die drei bedingungen

Sieben jahre warten
Sieben jahre den schatz mehren
Sieben jahre befürchten müssen, die eltern

könnten es nicht mehr erleben

3. Die ausfahrt

Einmal durch Thum wo ich
in stellung war

Ja, wir sehen: dort ist der bäcker dort
holte die mutter, bevor die herrschaft erwachte,
die brötchen

Und der königssohn der auf und davon fährt
mit dem dienstmädchen, kam
nie

Was blieb übrig als einen sohn
zu gebären

Und zu hoffen daß er alle
bedingungen erfüllt

FEIERTAG

Die redner reden
das rot von den fahnen

Die erleuchteten fenstersimse der schule
unterstreichen bis in die nacht

NACH EINER LENINEHRUNG

Selbst wenn sein wille es gewesen wäre
so
geehrt zu werden, ihm geschähe
unrecht

GRENZKONTROLLE
(für L. und D. in Frankfurt)

In euren pässen standen
die absender eurer briefe

Zwischen front- und heckscheibe des wagens
im blickfeld des wachturms:

mikroben unterm mikroskop

erreger mensch

RÜCKKEHR AUS DER VERSAMMLUNGSSTADT

Den wald hinter sich schließen, die tür
voller gesang

Aus ihrer schwarzen füllung bricht bei nacht
das wild

Im ohr das rauschen der fichten: das tonband das
im kopf schrillt, wird

gelöscht

TAGEBUCHBLATT 69

Kottenheide wo du
abträumst wo morgens die gedanken
befruchtet sind

Wo du sie reifen läßt

Wenn der regen
nicht hängen bleibt in den wäldern wenn's
nicht taubeneier schloßt
im juni

Wenn die axt
nicht anliegt ehe der baum
aussät

SKULPTUR IN DER KIRCHE VON L.

Das
weib

Nackt

Ausgetrieben

Also wenigstens
einen schlüssel
um den hals:

Eva

DIE KUNSTBEFLISSENEN HÄHNE VON LEININGEN
(für Heinz Piontek)

Fiele dem einen
das *a* ein, würde er krähen
b - a - c - h

Man schätzt ihn
als meister der variation

(*Reger* ist hier nur
ein komparativ)

Der andre kräht vollendet ein motiv
aus Smetanas slawischen tänzen

Ich lausche, beschämt von den hennen

Im spiegel des geöffneten fensters
picken sie vom schreibtisch mir

das wurmige

DER SOMMER GEHT WEG

Die Distel schmeichelt mit weichem fell

Die mohnblume wirft ihr kleid ab
wie eine schwangere

Die kamille franst aus
an den knöpfen

Die wegwarte schließt sich
und ergraut

IN MEMORIAM JOHANNES BOBROWSKI

Sein foto
an den anschlagsäulen

Jetzt

Der nachlaß ist
gesichtet, der dichter
beruhigend tot

GEBILDETE NATION

Peter Huchel verließ die
Deutsche Demokratische Republik
(nachricht aus Frankreich)

Er ging

Die zeitungen meldeten
keinen verlust

AUCH EINE HOFFNUNG

Ein grab in der erde

Hoffnung aufzuerstehen
in einem halm

(Grabplatte keine

Nicht noch im tod
scheitern an stein)

zuflucht noch hinter der zuflucht

Man muß Heimat haben, um sie nicht nötig zu haben, so wie man im Denken das Feld formaler Logik besitzen muß, um darüber hinauszuschreiten in fruchtbarere Gebiete des Geistes.

Jean Améry

AUF DICH IM BLAUEN MANTEL
(für Elisabeth)

Von neuem lese ich von vorn
die häuserzeile suche

dich das blaue komma das
sinn gibt

ZUFLUCHT NOCH HINTER DER ZUFLUCHT
(für Peter Huchel)

Hier tritt ungebeten nur der wind durchs tor

Hier
ruft nur gott an

Unzählige leitungen läßt er legen
vom himmel zur erde

Vom dach des leeren kuhstalls
aufs dach des leeren schafstalls
schrillt aus hölzerner rinne
der regenstrahl

Was machst du, fragt gott

Herr, sag ich, es
regnet, was
soll man tun

Und seine antwort wächst
grün durch alle fenster

nachbemerkung

1

»Aber erst eine seelische Instanz, die sich auch des Gewissens in kritischer Weise vergewissern kann, schafft so etwas wie eine seelisch organisierte Kultureignung, das heißt, es entsteht erst hier die Fähigkeit, in erregenden, verwirrenden Lebenslagen, im Zusammenbruch der äußeren Gewalten und der Vorurteilssysteme, die unser Gewissen lenken, den Verstand und das mitmenschliche Gefühl zu bewahren. Wer einige solcher verwirrender Zusammenbrüche gesellschaftlicher Wertorientierung erlebt hat, konnte erfahren, daß es nicht leicht ist, Anweisungen des Kollektivs zu widerstehen, die bald Strafdrohungen sind, bald primitive Triebbefriedigungen enthemmen. Hier in kritischer Distanz zu bleiben setzt Kaltblütigkeit, also einen hohen Grad stabiler Ich-Organisation voraus; noch schwerer ist es, die durch Kritik gewonnenen Einsichten dann auch als Richtlinien des Verhaltens beizubehalten.«

Alexander und Margarete Mitscherlich

Das gedicht als stabilisator, als orientierungspunkt eines ichs. Das gedicht als akt der gewinnung von freiheitsgraden nach innen und außen.

2

»Man hat Durst nicht nach Ehre, aber nach Menschen, aber nach Menschen, die nicht im persönlichen Leben mit uns verstrickt sind. Man hebt das Schweigen, das öffentliche, auf (oft, wie gesagt, über alle Scham hinaus) im Bedürfnis nach Kommunikation. Man gibt sich preis, um einen Anfang zu machen. Man bekennt: Hier stehe ich und weiß nicht weiter. Und all dies ungefragt! Kein Schriftsteller, so glaube ich, schreibt für die Sterne, so wenig wie für das Publikum, sondern er schreibt für sich selbst in bezug auf Menschen, die möglicherweise noch nicht geboren sind.«

Max Frisch

Das gedicht als äußerster punkt möglichen entgegengehens des dichters, als der punkt, in dem auf seiner seite die innere entfernung auf ein nichts zusammenschrumpft. Das gedicht als bemühung, die erde um die winzigkeit dieser annäherung bewohnbarer zu machen.

3

»Kunst ist eine der wenigen Möglichkeiten, Leben zu haben und Leben zu halten, für den, der sie macht und für den, der sie empfängt. So wenig wie Geburt und Tod und alles, was dazwischen liegt, Routine werden können, so wenig kann es die Kunst. Freilich gibt es Menschen, die ihr Leben routiniert leben; nur: sie leben nicht mehr. Es gibt Künstler, Meister, die zu bloßen Routiniers geworden sind, aber sie haben –

ohne es sich und den anderen einzugestehen – aufgehört, Künstler zu sein. Man hört nicht dadurch, daß man etwas Schlechtes macht, auf, ein Künstler zu sein, sondern in dem Augenblick, in dem man anfängt, alle Risiken zu scheuen.«

Heinrich Böll

Gedichte sind mißbrauchbar. Wie die macht.

anmerkungen

frühe gedichte
Die texte entstanden in den fünfziger jahren und in den jahren 1960 bis 1962; das genaue entstehungsjahr ist bei manchen texten nicht mehr bekannt. Sie sind den vergriffenen büchern »widmungen«, Hohwacht Verlag Bad Godesberg 1963, und »brief mit blauem siegel«, Reclam Verlag Leipzig 1973, entnommen (neufassungen). Für die vorliegende ausgabe wurden einige verse überarbeitet.
philosophie: Thaya – fluß in Südmähren
nach einem regen in Mělník: Mělník – stadt über der mündung der Moldau in die Elbe
spätsommer: Milešovka – höchster berg des böhmischen mittelgebirges
Außiger quartett: Spillville – amerikanische landgemeinde, um die jahrhundertwende vorwiegend von tschechischen ansiedlern bewohnt; hier schrieb Dvořák 1893 das streichquartett f-Dur opus 96
Dvořák in Böhmen: třicet čtyři – vierunddreißig
ankunft in meiner stadt: Dobrý den! Československá pasová kontrola. Kam jedete, pane? – Guten tag! tschechoslowakische paßkontrolle. Wohin fahren Sie, mein herr?
horizonte: Jan Skácel – tschechischer lyriker, geb. 1922; lebt in Brünn

sensible wege
Das buch erschien 1969 im Rowohlt Verlag Reinbek (taschenbuch 1977). Die originalausgabe ist vergriffen. Die vorliegende ausgabe folgt der textfassung des taschenbuchs. In dem gedicht »die bringer Beethovens« wurde die 15. zeile geändert, und das dritte der briefzitate, die der 15. variation über das thema »die post« vorangestellt sind, wurde gekürzt.
elegie: Ettersberg – anhöhe, auf der sich das konzentrationslager Buchenwald befand
besuch in Mähren bis nach mitternacht: Halas – der dichter František Halas (1900 bis 1949), der in Kunštát begraben liegt
bei E. in Vřesice: E – der töpfermeister Emil Ebr; Skácel – siehe anmerkungen unter »frühe gedichte«; Kundera – der tschechische schriftsteller und übersetzer Ludvík Kundera (geb. 1920); Vřesice, Sulíkov – kleine dörfer auf dem böhmisch-mährischen höhenzug: löwenzahnwein – gibt es wirklich
mahnung an ein versprechen: Milan Kundera – tschechischer romancier (geb. 1929), lebt seit 1975 in Paris

zimmerlautstärke
Das buch erschien 1972 im S. Fischer Verlag Frankfurt am Main (taschenbuch 1977). Die originalausgabe ist vergriffen.
erster brief der Tamara A.: Tschapajew – general Tschapajew (1877 bis 1919), legendärer kavallerist der russischen revolution; Kirow – enger mitarbeiter Stalins, dessen ermordung 1934 die »große säube-

rung« einleitete (Kirow wurde 1886 geboren); Kuibyschew – ab 1927 mitglied des Politbüros (er lebte von 1888 bis 1935, todesursache ungeklärt)
angeln an der grenze: fisch – ryba; fehler – chyba
feldweg bei Kunštát: Kunštát – kleinstadt auf dem böhmisch-mährischen höhenzug
8. Oktober 1970: Rjasan – stadt in der Sowjetunion, damaliger wohnort Solschenizyns
das kleine auto: Thum – kleiner ort im Erzgebirge
tagebuchblatt 69: Kottenheide – abgelegener ortsteil im Vogtland
die kunstbeflissenen hähne von Leiningen: Leiningen – dorf im Vogtland
in memoriam Johannes Bobrowski: Der autor starb am 2. 9. 1965
gebildete nation: Peter Huchel verließ die DDR 1971

inhalt

frühe gedichte